U0143674

書言故事大全

蒙學善本

國家圖書館藏・蒙學善本

鳳凰出版社

圖書在版編目（CIP）數據

書言故事大全 / (宋) 胡繼宗輯 ; (明) 陳玩直注評
. -- 南京 : 鳳凰出版社, 2015.4
（國家圖書館藏. 蒙學善本）
ISBN 978-7-5506-2155-8

Ⅰ. ①書… Ⅱ. ①胡… ②陳… Ⅲ. ①故事－作品集
－中國－古代 Ⅳ. ①I242.7

中國版本圖書館CIP數據核字(2015)第074916號

書言故事

著　者　(宋)胡繼宗 輯 (明)陳玩直 注評
責任編輯　李相東
出版發行　鳳凰出版傳媒股份有限公司
鳳凰出版社(原江蘇古籍出版社)
發行部電話 025-83223462
出版社地址　南京市中央路165號，郵編 210009
出版社網址　http://www.fhcbs.com
策　劃　揚州古籍綫裝文化有限公司
印刷裝訂　揚州古籍綫裝文化有限公司
揚州生態科技新城杭集工業園翟莊路1號
開　本　宣紙十六開
出版日期　二〇一五年四月第一版
二〇一五年四月第一次印刷
書　號　ISBN 978-7-5506-2155-8
定　價　壹仟玖佰捌拾圓整(一函十二册)

書言故事大全

國家圖書館藏·蒙學善本

鳳凰出版社

蒙以養正

樓宇烈

我為中國自古及今對啟蒙教育的重視而瞠目，為如此豐富的自古及今川流不斷推陳出新的教材而驚歎！中國真是文化教育積澱的國度。我以自己是一個中國人，受中國傳統文化教育而感到自豪。

白化文

二〇一五年五月

龍文鞭影

[illegible] 題

[illegible]

序

在中國傳統文化中，歷來就十分重視教育，認為『如欲化民成俗，其必由學乎』！於是有所謂『建國君民，教學為先』（《禮記·學記》）的提法，而在整個教育中又特別注重『童蒙』（兒童、少年）打基礎的教育，於是又有『蒙以養正』的提出。為此，歷代學者編著了各種內容和形式的蒙學教材，其中有些作品則成了傳統蒙學的經典教材。

『蒙以養正』語出《周易·蒙卦·彖辭》，且被稱之為『聖功也』。按照宋儒朱熹的解釋是：『蓋言蒙昧之時，先自養教正當了，到那開發時，便有作聖之功。若蒙昧之中已自不正，他日何由得會有聖功！』（《朱子語類》卷第七十）這是說，在兒童、少年心智尚未開發（蒙昧）之時就要用正道來教育，這樣日後發展起來才能成就聖人的功業，如果兒童、少年時已不正了，日後怎麼有可能成就聖人的功業呢！由此可見，正確的兒童、少年教育是如何地重要和根本。

揚州古籍綫裝文化有限公司与江蘇鳳凰出版社，以國家圖書館所藏部分有關蒙學的善本古籍，整理、編輯、出版這套《蒙學叢書》，此舉對古籍善本的保護和流通，以及傳統蒙學教育的推動，都有着積極的意義。

樓宇烈

二〇一五年五月

書言故事序

以不佞而觀于古初朴未盡雕變未盡備亡論訓故軼事即點畫形聲之文尚懵如也乃田父野老閭巷婦孺之流言出而文行之且遠何以說焉豈其由閒見而識哉毋亦其發諸性靈者素也及中古而述家所由興六朝以還務爲組織雕繢而風斯靡遲速工于應制多寡較于徵

龐遲遠工千慮卌以寓從事于後
證以隱於說繼纖畫贊而風其
素也及中古而述家究由興六
見而識者由亦其發端隸指
行以且遠何以說惡其由間
野求問苔嵩露以流言出而文
畫形聲八文字書如也乃由父
證以未書備亡論言故軟事印點
以不存而覽千古於朴未書畫
書言故事序

事至科于慱學宏辭而其用益以迫矣故述家者流貴用之而表貳貿之疑流洛水之蹟賤用之而若白僕白襆之擬役使而襆衣之矣始余童子時就傳京

師從鄉先生受書言故事日課数十条先大人時時呼置客席目提焉踰歲而畢事尋棄去迄今且三十年每臆之而若新也其書彙以廬陵胡繼宗解以安

成陳玩直于述家最晚出而採
取最簡覈記事視徐堅之初學
而靡排語類聚倣歐陽詢之藝
文而黜繁蕪摘要若陰氏之群
玉而區冗雜彬彬乎一家言哉

即不足腴聞而侈見而牖耳目
聰明之用佐談助而利頴端者
不淺也默識之而若夙聞默成
之而若故物舉自性靈中來者
也掇文筮學之士所有事誦習

者悪得而忽諸耶吳生伯仁慱極群書館居之暇得茲書善本因刻而布焉而余為弁之若此茲書也豈必盖諸述家乎哉學者卒業而有得焉貴賤惟所用之矣

萬曆己丑秋八月朔

新都程涓巨源父著

者愚得為自以語目見生而合事
極詳書館居之暇得讀書善本
因返自有見自余總年之所見
於書也此又書諸法家半其學
者幸業自有見貴類雖所用

之矣

萬曆己丑秋八月朔

新都程道之父識

書言故事大全目録

書言故事大全目錄

衣服　金寶　樂器　琴
器物附床衾　酒杯　冠履
燈　鋪設　寶物　文物附筆墨硯紙
酒附酒醉　茶　飲食　米
○卷之十二
水族　走獸附牛羊　百禽
字學　字說　論學　比韻
書翰　祝頌　紀居附門戶　神相
齋舍　書史　文章　詩詞賦

都邑　市肆　第宅　學校
○卷之十一
花木　果實
除夕　閏月　臘月　地理
立冬　十月　十一月冬至　十二月附臘
七月七夕　中元　八月中秋　九月重陽
四月　五月端午　六月　立秋
社日　三月上巳　清明　立夏
立春　人日　上元　二月

書言故事目録終

書言故事目錄

鍾　鑾大　冶道

筆　留　拔　遊

髮　跣　達　肅

玉曆頌新

華封三祝

華封三祝
書言故事 卷之一

書言故事大全卷之一

廬陵　胡繼宗　集
安成　陳玩直　解

⊖人君類

皇帝

古者伏羲音希氏太昊伏羲氏風姓神農炎帝神農氏姜姓黃帝公孫姓。又曰姬姓。名軒轅以道治以道。似有道也。夫道字廣大。天下所共由。日用常行之道。父慈子孝。君令臣恭。夫和妻柔。兄友弟順。以及舉動之間莫不合法。是則所謂道也。治者。不待作為而天下自平。所謂治也。蓋聖人生而知之。日用之道。非學而能。而有自然之性。故天下之人亦以效之。未嘗用力而教故稱皇皇。大也。道配天之大也。今常言三皇即伏羲神農黃帝。能廣大其道故稱皇下文又云三皇是也少音紹昊金天氏名玄囂黃帝之子也顓音專頊音勗。○高陽氏。昌意之子黃帝孫也高辛帝嚳。高辛氏。玄囂之子。黃帝曾孫也唐帝堯陶唐氏。伊祁姓。名放勳。帝嚳子也虞帝舜有虞氏。姚姓。名重華。瞽瞍之子。顓頊八世孫也。以德化以德。似有德也。德者本心之全德。萬善足焉。○(熊氏曰)德者得之於心。行之於身。心正則身正。身正則家正而天下莫不一於正。是則所謂德也。○化者自然消融其查滓。所謂化也。蓋聖人在位。心身既正。天下之人。心身亦正。如春之至。自然和煖。萬物發生故稱帝帝。諦也。審諦於物也。王天下之號也。(爾雅)君也。(白虎通)德合天者。稱帝。今常言五帝。即少昊顓頊。高辛。唐。虞。能全其德。故稱帝。下文又云五帝是也

(史記)漢武帝時。太史令司馬遷。著起黃帝。終武帝。○天子必有史官。掌記時事故曰史記

秦始皇初并天下并合天下為一統也。始皇之時有齊。楚。燕

書言故事大全卷之一

盧陵　胡繼宗　集

安成　陳玩直　解

○人君類

皇帝　古者伏羲氏[illegible]神農氏[illegible]黃帝[illegible]

[illegible]

[illegible]

韓趙魏。六大國。始皇以其力强而滅之。焚書殺儒者。使天下之人。愚蠢不能計謀以取其天下以為德兼三皇兼全有也。以其兼全三皇之德功過五帝功績也過勝也以其力强而得天下。反以其功績過於五帝也唐陸贄音至。陸贄字敬輿相德宗尊號表曰尊称天子名號而上表云德合天謂之皇德天子之德也。天覆於上。循環氣運生長萬物。為人君者。愛于萬物所以合於心故謂之皇德合地謂之帝萬物載焉。以其厚之無窮。故謂之地。為人君者主於社稷。安於人民。所以合於地道。故謂之帝皆至尊之殊號極美之大名殊。不同也。尊稱名號異於尋常極無可以加也。美好也

天子

詩時邁音賣。詩篇名時邁其邦邁。行也。邦。諸侯之國也。周制十有二年。武王巡狩殷國。而朝會祭告之樂歌也昊天其子之昊。廣大也。其。以我也。之。未審也。武王言我既滅商。自為天子。但未知天能以我為子乎記曲禮篇名曰君天下曰天子天之所覆謂之天子者繼躰之称故自其君天下而言故曰天子公羊傳去声公羊名高子夏弟子作春秋傳成公八年魯成公也注聖人受命皆天所生故曰天子命。天命也。聖人受天命以生乃天之子也

聖皇

聖帝尊稱天子曰聖皇聖帝東都賦後漢班固作兩都賦聖皇握乾符大而化之之謂聖。如春之至萬物自化生也。握乾符者。秉握天命。則天下之運於掌握之中也注班固稱光武為聖皇王莽篡位弑平帝。光武殺王莽中興天下。兼有仁德。班固所以尊稱晁錯策晁。音潮。錯。音助。晁錯前漢景帝時為內史。此

策文帝時荅也

五帝神聖（家語云）季康子問於孔子曰舊聞五帝之名而不知其實請問何謂五帝。孔子曰。昔丘也聞諸老聃曰。天有五行水火金木土。分時化育以成萬物。其神謂之五帝古之王者易代而改號取法五行。更王終始相生亦象其義。是以大昊配木。以木德王於天下色尚青。炎帝配火以火德王於天下色尚赤。黃帝配土。以土德王於天下色尚黃。少昊配金。以金德王於天下色尚白顓頊配水以水德王於天下色尚黑○孟子曰。聖而不可知之之謂神○程子曰。聖不可知。謂聖之至妙人所不能測○張氏曰。不可知。則神化則為聖言。此五帝不可知之之聖也。

其臣莫能及。太昊之臣未詳。黃帝之臣蒼頡制字。女媧造笙簧。炎帝之臣風后為相力牧為將師大撓作甲子容成造曆日作筭數。伶倫制律呂。少昊生四子曰重。曰該。曰脩。曰熙。使重為勾芒官為木正。木正。春官也。該為蓐收官為金正。金正秋官也。脩及熙為玄冥官為水正。水正。冬官也。顓頊生子曰黎。為祝融官為大正。大正夏官也。司地以屬民命重為木正官目天以屬神使民神不雜。無相侵瀆勾龍為后土。官為土正。土正乃田正。田官之長。社稷之神也。五帝之臣蓋如此。故曰莫能及

故後人尊稱天子曰聖帝後人尊稱天子亦若此五帝之神聖也

元后

尊稱天子曰元后（書）孔子序之上自堯舜。下至秦繆公之事跡。號曰尚書

亶（端上声）聰明作元后此周書秦誓上篇所載也。亶。誠實無妄之謂言聰明出於天性然也。元后作民父母。使疲癃殘疾得其生。鰥寡孤獨得其養舉萬民之衆。無一物而不得其所焉

（注）元。大也。后。君也君者前曲禮曰君天下曰天子蓋大而為君所以為民父毋也

萬乘（去声○乘車數也）

（唐）陸秀實傳（去声）古者天子曰萬乘（孟子）

[illegible]

亶聰明作元后[illegible]

〔注〕元，大也。后，君也。[illegible]

[illegible]

子【注】兵車萬乘謂天子也古之天子居大國爲萬乘之國。封士於諸侯居小國。爲千乘百乘。非天子混爲一統也。○通證曰。兵車一乘有牛馬共三十六。計三十二家共出。或一馬或一牛也。然則一千二百六十家爲一乘。大舉一千二百六十萬家爲萬乘

官家 俗稱天子曰。官家。【宋】真宗嘗以問侍讀李仲容侍讀儒臣侍講論侍顧問之官故真宗謂曰。何謂官家對曰蔣濟萬機論云。五帝官天下五帝。少昊顓頊高辛唐虞也官字之義見下文三王家天下三王。伏羲。神農。黃帝也。家字之義見下文兼五三之德言天子兼全五帝三王之德故曰官家【釋文】所載湘山野錄云。李仲容善飲真宗飲則召之。一日上命巨觥。仲容曰。告官家免巨觥。上問曰。何謂官家故仲容對之云云。然二句本出漢蓋寬饒奏封事下云。家以傳子孫官以傳賢臣【釋注】蓋音葛姓也

陛下 人臣對天子。稱天子曰陛下【蔡邕】獨斷端去聲央也陛所由升堂也陛鑿投基爲層階以升堂。使不露也天子必有近臣。執兵陳陛。以戒不虞。近臣護駕者。兵斧鉞干戈。鉶戟之屬陳排列於層階之間。戒。防也。不虞。猶言不測。防有篡弑之患也。謂陛下者。群臣不敢指斥天子群臣居陛之下必懷畏敬於心以故不敢指斥故呼在陛下者。因卑達尊之義也卑低處也。或曰群臣居卑奏言之聲達及於尊位也

龍飛 帝即位曰龍飛【易】乾卦☰凡卦單爻爲九屬陽折爻爲六屬陰九五自下至上第五爻飛龍在天利見大人乾卦九五爻爲君位。故曰

飛龍在天。程子曰進。位乎天位也。聖人既得天位則利見在天大德之人。與共成天下之大事。天下固利見夫大德之君也。聖人作而萬物覩。分明是以聖人為龍以作言飛以萬物覩解利見大人。只是言天下利見夫大德之君也象曰朱子語易之有象。其取之有所從。其推之有所用非苟為寓言也。以下但引象曰皆此意也。飛龍在天大人造也。徐氏曰大人造者聖人作也。龍以飛而在天。猶大人以作而居位大人釋龍字造釋飛字

鳳詔 天子詔書謂之鳳詔（後趙）石季龍季龍名虎後趙主石勒母養子後襲位置戲馬觀去聲○置或曰造作也觀樓觀也又基上有屋曰觀釋名於上望也上安詔書用五色紙嘶于木鳳之口而頒行之木鳳以木刻為鳳也頒布也詔書布行於天下

絲綸 詔曰絲綸綸綍音弗（記）緇衣篇子曰。王言如絲周之天子稱王非今天子稱皇帝言王言之始如絲之小其出如綸綸綬也。言其出漸大也。言王言雖如絲之小。既出則群下舉之若綬之大也王言如綸王言之始如綸之大其出如綍綍引棺索也。言其出愈大也。王既出言如是。故大人不倡游言。游言無根。不定之言也。為人上者倡之以誠、慤篤實之言。天下猶有欺詐以罔乎上者。苟以游言倡之則天下蕩然虛浮之風作矣。可不慎乎

尺一 天子詔曰尺一（東坡云）尺一柬簡同呼我歸尺一漢制簡一尺一寸之高柬與簡義同也。以此簡牌寫天子之詔也。蓋東坡遭貶黃州。於是復召回也（陳蕃傳）去聲尺一選舉漢以尺一板寫詔書

陳蕃傳 尺一選舉 [illegible]

天子詔曰尺一 東坡云 尺一東來 [illegible]

王言如絲 其出如綸 王言如綸 其出如綍 [illegible]

記 子曰 王言如絲 其出如綸 王言如綸 其出如綍 [illegible]

書言故事 卷之一

鳳詔

天子詔書謂之鳳 [illegible]

上安置詔書用五色紙 [illegible] 于木鳳之口 [illegible]

飛龍在天 大人造也 [illegible]

紫泥書 詔曰紫泥書（漢舊儀）天子六璽〔音洗。璽，王者之印。所以主信主士。秦皇得藍田美玉刻之。李斯篆曰。受命于天。既壽永昌。六璽謂皇帝行璽皇帝之璽皇帝信璽天子行璽天子之璽天子信璽〕皆以武都紫泥封〔（閒見後錄）用武都紫泥封。璽。今階州故武都也。山水皆赤泥亦赤色然紫泥安能封。當是時為印色然用璽似此泥之紅也〕（李白詩）鳳凰丹禁裏〔丹禁以丹朱漆地。又謂之丹墀〕啣出紫泥書（杜詩）亨衢照紫泥〔衢。街也。四通曰衢言詔書照曜也〕

黃麻 寫詔紙曰黃麻（杜詩）黃麻似六經〔六經周易尚書。毛詩春秋禮記周禮六經紙以黃蘗染取其辟蠹。此詩謂寫詔誥詞於黃麻紙其詞深厚。如六經之文也〕（注）（唐）太宗用黃麻紙寫詔敕文唐玄宗別置學士院掌內命凡拜免將相〔亞去聲〕皆用白麻〔拜授官也免罷官也〕

奎畫 御筆聖翰曰奎畫（孝經援神契）〔係緯書〕奎主文章〔奎西方之宿凡十六星奎木狼也主管文章〕（注）宋均曰奎星屈曲相鉤似文章之畫

椒房 皇后稱椒房（漢官儀）皇后稱椒房以椒塗壁取其溫辟〔音必〕惡氣也〔辟除〕或云取椒實蕃衍之義〔實。椒子也蕃衍。多也。或曰。欲子孫似此之多也〕

東宮 太子曰東宮（選詩）（宋顏延年曲水詩）正體育德於少〔音邵〕陽。（注）謂太子繼天子之體育德東宮少陽者東方。

又震為長子東屬震以故立宮于東曰東宮

青宮 太子曰青宮（神異經）東明山有宮青石為墻門有銀榜以青石碧鏤音漏題曰天地長男之宮碧色也鏤刻也刻天地長男之宮六字于其上

天潢之派排去声 宗室曰天潢之派（魏）曹冏表。曹冏魏宗室於是上表王孫公子。疏音踈派天潢疏。分也派。水分別也。天潢。天河也。言王孫公子。若天河之分派。喻其尊貴宜親宗室強幹弱枝宗室。王孫公子也借樹為譬喻本身曰幹。旁出曰枝。言王孫公子。所宜親之。使之強大比之若樹幹居四方者。宜使之弱比之若樹枝焉

玉曆 正朔曰。玉曆（搜神記）舜耕於歷山。得玉曆於河際之巖河際石巖歲時曆日。自見於是舜帝得之

寶位 御座曰寶位（易繫辭）此繫辭下傳所載也。易始有畫卦而已。文王繫之以卦辭。周公繫之以爻辭故曰聖人設卦觀象繫辭焉而明吉凶至於孔子所作則繫之傳也天地之大德曰生郭氏曰天地以生物為德。故人以大德歸之為聖人之大寶曰位郭氏曰。聖人得崇高之位。然後成。位乎中而贊化育故以位為大寶也。大寶者。亦非聖人自以為寶也。天下有生幸聖人之得位以蒙其澤故天下以為寶也何以守位曰仁蔡氏曰。孟子言保民而王者。守位之仁也言為君者。愛民如子。則民亦愛君如父母。是所謂保位則以仁

又震為長子東宮。（震東方，故曰東宮，長子[illegible]）

青宮 太子曰青宮。（神異經）東明山有宮，青石為墻，門有銀牓，以青石碧鏤，題曰天地長男之宮。（[illegible]宮也。刻天地長男字於其上。）

天潢之派 宗室曰天潢之派。（魏書）圖表宗室王孫公子，疏派天潢。（天潢，天河也。[illegible]）宜親宗室。（[illegible]）

王曆 正朔曰王曆。（搜神記）舜耕於歷山，得玉曆於河際之巖。（自河際於石巖，舜帝時得曆之日。）

寳位 御座曰寳位。（易繫辭）天地之大德曰生，聖人之大寳曰位，何以守位曰仁。（[illegible]以位，仁則[illegible]）

○聖壽類

萬歲 稱聖壽曰萬歲（嵩呼）祝壽云效嵩呼（漢紀）武帝登崇（音嵩）高（崇中嶽也。獨高在四方之中故曰嵩名）聞呼萬歲者三

華封三祝 華（去聲）祝壽曰敢效華封之三祝（莊子）（周末蒙人莊周所著）華封人。祝堯壽（華西嶽山名。封人。掌疆之官）願多男子多壽多富

萬壽萬年 詩（江道篇）召穆公美宣王（美讚美也）虎拜稽首（稽首首至地若虎拜然也）天子萬年（宣王封穆公祖康公稽首以受王命之策書也。人臣受恩無可以報謝者但言使君壽考而已）

千秋 祝太子壽曰千秋令節（唐明皇）以每年八月五日為千秋節（大明皇生日。借為太子生日事）

○父母類

家嚴 子稱父曰家嚴（易）家人有嚴君焉（嚴君所尊嚴之君長嚴切以齊其家）父母之謂也

家公家父 顏氏家訓（北齊黃門侍郎顏之推著）昔侯霸之子孫（侯霸漢光武時為尚書令）稱其祖父曰家公陳思王稱其父曰家父母曰家母（陳思王。魏文帝弟曹植字子建封陳王。諱思）

家尊 晉列傳 謝安問王獻之曰君書何如家尊（書寫字也）

自稱父為家尊答曰獻之對故當不同

尊公 稱人父曰尊公（東晉）簡文帝謂郗超曰。致意尊公 致意。猶今人言上覆是也

大人 子稱父曰大人（漢）霍光霍去渠上聲病弟也 霍光字子孟相前漢武。昭。宣。三帝 父中仲同孺平陽人平陽晋州以縣吏給事平陽侯曹壽家給事縣遣於侯家供役曹壽丞相參孫嗣封與侍者衛少音紹兒私通侍者。曹壽侍妾少兒。衛青之姊吏畢歸娶婦生光吏畢。吏供役之日滿也因絶不相聞不知少兒已生去病後去病為驃飄上声騎去聲將軍擊匈奴驃騎位亞三司品秩同大將軍匈奴北胡人也至平陽傳舍並去聲傳舍今之館驛是也遣使事音迎中孺趨曰去病不早自知為大人遺體凡人子之体皆親遺体於是去病謂中孺言早不知我即大人遺體大為去聲買田宅奴婢而去還復過焉將光西至長安漢建都于長安今陝西是也任去聲光為郎後位至宰相去聲。昭帝年七歲即位。武帝立為天子時察群臣。惟霍光忠厚。可任大事畫周公負成王朝諸侯以賜光光秉政忠直

聖善 稱人母曰聖善（詩）凱風篇名母氏聖善聖善。為子者。自讃母能劬勞有育我無令去声人令。善也。為子者自責言子之心甚矣母育我。君凱風之吹棘刺為子者。若棘之難長。而心憂其稚弱而未成人者也

壽母 稱人母曰壽母（詩）閟半去聲宮篇名魯侯燕喜燕歡娛優悠無事之時令去声妻壽母令妻。令善之妻賢淑也壽母壽考之母年多也魯侯燕喜之際。樂有賢妻樂有壽母

稱母大人 （漢）范滂以黨錮音固將死黨。漢桓帝時宦官擅權殺害賢良以范滂等二百餘人。皆為黨惡錮禁錮也謂母曰惟大人割不可忍之恩勿增感戚言我雖死且得清名伏惟吾母幸勿重於傷感憂戚

怙恃 怙音虎人喪去声父母曰失怙恃（詩）蓼莪音俄篇名無父何怙怙恃也無父者心無所恃出則中心憂恤無人撫恤無母何恃恃賴也無母者心無所依入則無所歸也

郎伯 稱人父曰郎伯（囝）音檢子曰阿伯阿語辭黃山谷送秦少音紹章從蘇東坡學山谷。名庭堅。字魯直。宋時豫章人。東坡。名軾。字子瞻眉山人後謫黃州居東坡因號東坡斑衣兒啼真自樂音洛後師學道也不惡道者聖人之教日用常行之道但得新年勝舊年言學日有所益也郎如常在郎伯前閩音名人謂父為郎伯閩。今福建是也。子曰囝父呼子也

綵衣 叙父母俱存者。起居。用綵衣婉愉婉。順也。愉。悦也。言子着綵衣奉父母。有和悦之色也（高士傳）去声。晉皇甫謐著老萊覆姓子孝養去声親年七十父母猶存身着五色斒音斑衣斒斕衣。即襁褓小兒

之衣。為嬰兒戲於親前取食上堂詐跌顛入聲臥地因為兒啼欲親之喜

萱堂

稱人母曰萱堂不可以為母事北堂詩伯兮篇名焉音烟得諼音喧草言樹之背音佩。諼忘也。諼草合歡。食之令人忘憂者。樹栽也。言焉得忘憂之草。樹之於北堂。以忘吾憂乎。韓文公詩文公名愈。字退之。唐昌黎云云人作此詩以示兒。主婦治北堂主婦。亡者之妻。北堂。謂廟中也。其二廟者則先祖後禰所作者。平生祭祀冠昏所行禮之處也。而主婦治之。膳服適戚疏膳。謂飲膳饋食供養。服。謂衣服。適親疏之宜。

義方之訓

教子為義方之訓左傳去聲。左丘明受經於孔子而作傳。

以魯國隱。桓。莊。閔。僖。文。宣。成。襄。昭。定。哀。十二公紀年。記春秋戰國之事故曰左傳以下所引左字是也

石碏音鵲曰愛子教以義方愛子。愛子之道也。義方。義以方外。言愛子之道教子以方外之義弗納於邪納。入也。弗入於邪僻之流。此隱公三年之事。衛莊公之子州吁有寵而好兵甲之事。莊公弗禁。故石碏諫曰。臣聞愛子。教之以義方弗納於邪

詩禮之訓

子承父教云詩禮之訓語季氏篇孔子嘗獨立嘗曾也鯉趨而過庭鯉。孔子之子。乃伯魚也。趨。疾行也。曰學詩乎孔子問鯉曾學詩否對曰未也鯉對也不學詩無以言此孔子勉之學詩蓋詩事理通達而心氣和平故能言也鯉退而學詩輔氏曰詩本人情兼該物理。故學之者事理通達。其為教。溫柔敦厚。使人不絞不訐。故學之者心氣和平。事理通達。則無昏塞之

患心氣和平，則無躁急之失。此其所以能言。○下節問答，與此節一同他日又獨立鯉趨而過庭曰學禮乎對曰未也不學禮無以立此又孔子勉之學禮蓋禮品節詳明而德性堅定故能立鯉退而學禮（輔氏曰）禮有三千三百之目。其序截然而不亂。故學之者。品節詳明。其為教恭儉莊敬。使人不滛不攝。故學之者。德性堅定。品節詳明。則義精而莫之惑。德性堅定則守定而莫之搖。此其所以能立。○此陳亢問於伯魚曰。子亦有異聞乎。蓋陳亢以私意窺聖人疑必陰厚其子。而伯魚答之以此。可見聖人無私矣。（釋註）攝，音折。懼也

教子一經

韋賢字長上声孺子玄成字少音紹翁俱以明經位至丞相去聲故語曰時人相與語也遺子黃金滿籯音盈

○遺贈也籯箱篋之屬言若遺子以滿籯之金不如教子一經但教子明一經則有萬倍之利不必遺金

三徙擇隣

孟軻之母其舍近墓或曰墓者。人人得以葬之之處也。即今所謂亂葬岡是也。軻嬉戲為墓間之事軻亦學葬者之所為乃徙舍。市傍其嬉戲乃賈音古人之事賈人者買賣以交財貨也復徙舍學傍其嬉戲乃設俎音祖豆俎豆，祭聖人之器也。進退揖遜效祭祀之行禮也母曰。此真可以居子矣遂遷軻入學不復遷矣孟子學業而歸母問何所至問其學業之所事有成否孟子自若也自若者。孟子學無成。其心反安而不驚動。母以刀斷機斷，截也。割截機中所織之物也曰

子之廢學若吾斷機孟子懼勤學不息嗚呼孟母其賢矣哉凡為人母者須學孟母可也

和熊 稱人母能教子云和熊(唐)柳仲郢音引母善訓子仲郢嗜學嗜欲也有向學之心常命粉苦參音生黃連熊膽和為丸苦參黃連研爛為抹如粉以熊胆和之其味極苦使夜嚼墻入聲助勤嚼丸口苦而不能睡

箕裘之業 承祖父所業謂箕裘之業(記)學記篇良冶音也之子良善也良冶謂善鑄器者其子始學為冶也必學為裘學而先為裘蓋因補紉以悟錮穿鑿之智。孔子曰善冶之家其子孫見其祖父淘鎔金鐵使之柔合以補治破器故此子孫能學為袍裘補續歟皮片片相合以至完全也良弓之子良弓謂善于為弓者其子始學為弓也必學為箕橫渠曰箕弓服史曰檿弧箕服是也。學弓而先為箕蓋曰矯揉以悟撓角幹之智。孔子曰。箕。柳箕也。善為弓之家使幹角屈撓調和成弓。故其子孫亦觀其祖父世業學取柳條和軟。撓之成箕也。○此兩節子孫成器。與祖父雖異。然其補續屈撓調和皆同謂既能補續袍裘。則補治破器不待教而自能也。既能和軟柳枝以成箕。則屈撓幹角成弓。亦不待學而自會也。(釋註)橫渠之說弓服。今俗云弓袋。(檿)音掩。山桑也。(弧)音胡弓也。箕竹名。矢房也

伯俞泣杖 韓伯俞有過其母笞起之切之泣笞泣之義詳見下文其母曰他日笞子未嘗泣今泣何也他日在前之日也笞杖也泣淚出而無哭之聲也或泣或不泣必有其故對曰俞得罪笞常痛笞之痛是

母之力猶壯故受而不泣今母之力不能使痛是以泣笞之不痛是母之力已衰故受而輒泣蓋泣非為笞也悲母力之衰也可謂孝矣

為親奉檄為去聲奉上聲下並同檄音興入聲毛義以孝行稱毛義後漢廬江人。以行義稱於鄉里。府檄至以義守安陽令去聲。檄。詔書古以木為書。長一尺二寸。漢章帝嘗議貢舉法。韋彭議曰。求忠臣必於孝子之門上然之。毛義於是有召命義奉檄而喜動顏色張奉如字下同薄之南陽張奉慕義名。往候之坐定。而府檄適至。義喜動顏色。奉心賤之辭去。後義母亡遂不仕母既亡。徵辟皆不至。奉歎曰往日之喜乃為親也奉歎賢者。固不可測。往日之喜。乃為親屈也。章帝下詔褒寵之

倚門之望處外者有母在曰有倚門之望戰國策王孫賈齊大夫之母謂賈曰汝朝出而晚来吾則倚門而望暮出而不還吾則倚閭而望二十五家為一閭

截髮稱人母喜延賓客云截髮東晉陶侃音坎孤貧幼而無父曰孤孝廉范逵音葵嘗過漢晉有孝廉科孝謂孝事父母廉謂清潔侃倉卒村入聲無以待賓母湛氏乃截髮以易如字酒又徹所卧新薦自剉給其馬逵過廬江守張夔音葵稱之范逵稱其賢夔召侃領樅七容切陽令領。受也。樅陽在安慶今遷改為桐城縣令今知縣也

[illegible]

毛義奉檄 [illegible]

[illegible] 以孝行稱 [illegible] 府檄至以義守安陽令 [illegible] 喜動顏色 [illegible] 張奉 [illegible] 往日之喜乃為親屈也 [illegible]

倚門之望 處外者有母在曰有倚門之望（戰國策）王孫賈齊大夫 之母謂賈曰汝朝出而晚來則吾倚門而望暮出而不還則吾倚閭而望

清談 [illegible] 東晉 [illegible]

未見叔夜 識其子不識其父曰未見叔夜（西晉）嵇音奚紹始入洛或謂王戎曰昨於稠人中始見嵇紹昂昂然如野鶴之在雞群戎曰君復未見其父耳嵇紹父。嵇康字叔夜。為中散大夫。居上陽性絶巧

是父是子 稱人父子云是父是子（楊子）楊雄，字子雲。前漢蜀人。著書名楊子石奮音憤石建父子之美也無是父無是子若無如是賢哉之父。豈能有此賢子無是子無是父言子若不賢則不能顯父之美。而有此賢子也。石奮。父子五人。皆二千石。號萬石君

橋梓 稱人父子曰橋梓（世說）南宋劉義慶編伯禽與康叔見周公伯禽周公子也康叔。周公弟也三見三笞之笞。周公撻伯禽也。不與之言伯禽莫知其故乃問商子商子曰南山之陽有木名橋陽東南向也南山之陰有木名梓陰西北向也何不往觀之二子往觀見橋木高而仰梓木實而俯實。垂重低而俯也還告商子商子曰橋者父道梓者子道也為子者見父不能卑下懸順。如梓木實而俯是以遭撻也

拜家慶 賀人遠歸喜審歸拜家慶（唐）人與親久別而復歸云拜家慶父母俱存謂之具慶（孟浩然詩）浩然襄陽人明朝拜家慶須着老萊衣老萊見前斑衣下

紫誥封 賀人母受恩曰榮膺紫誥之封（膺。曽也，奉持而着之心曽之間，言能守也）**杜詩** 紫誥鸞回紙（紫誥紫錦之誥紙上[illegible]）清朝燕賀人遠傳冬筍味（冬筍。孟宗冬月哭于竹林得筍奉母。故引此謂人子亦能效此而有冬筍也）更覺綵衣春（綵衣見前）

阿翁阿家（阿音遏家音姑。阿語辭。下並同）媳婦稱舅姑曰阿翁阿家（唐）郭曖（音愛）與昇平公主琴瑟不調（郭曖子儀之子，公主代宗女也。如淳曰。公羊傳天子嫁女於諸侯，使諸侯同姓者主之。故曰公主。師古曰。天子嫁女不親主婚故曰公主，諸侯即自主婚故其女曰翁主，言女主婚也，亦曰王主，言王自主婚也，漢制天子女曰公主，帝妹為長公主，帝姑為大長公主。琴瑟不調者琴瑟皆樂器。琴或五絃，或七絃，瑟二十五絃。絃雖多寡，其聲則諧，夫婦如琴瑟之調和。不調，喻夫婦之不和也）曖曰汝倚乃父為天子耶（倚恃也言恃父為天子而欺我乎）我父薄天子而不為（薄或曰輕忽也，言我父不以天子為貴重而不為也）主恚（音位）入奏（恚恨怒也）子儀囚曖入待罪（囚。繫縛也，入入朝也繫縛入朝以待罪）代宗曰不癡不聾不作阿家阿翁（諺為癡聾，則不究其過，若不癡聾則不能為舅姑為舅姑者當寬容以盡慈愛之道也）小兒女閨幃之言勿聽（此代宗言小兒女閨幃之言，我不聽也）

○祖父母類

鼻祖耳孫 鼻祖許旌陽服氣書云人受胎於母。其生始方鼻云云耳孫爾雅云玄孫之子為来

孫来孫之子為昆孫昆孫之子為仍孫仍孫耳孫相
近蓋一號也（前漢紀）公孫耳孫（舊注）耳孫曾孫也
（楊雄方言）方言楊雄所。著通四方里俗之語鼻祖始祖也（標題云）鼻祖。始祖也。獸之初生謂之鼻人之初生謂之首（山谷詩）鼻祖以来傳父兄言有始祖而後傳有父兄也

家祖自稱祖曰家祖（顏氏家訓）潘尼稱其祖曰家祖

太父祖曰太父（漢）鄭當時知友皆太父行音巷。行輩也鄭當時有才德皆祖執之輩與為友

（小孫侍祖）（世說）陳大丘詣荀朗陵無僕大丘。名寔字仲弓。嘗為大丘長朗陵名淑字季和朗陵侯相使元方將車元方。名紀寔長子。將車御車也

季方持杖季方名諶寔次子（釋注）諶時林切長文尚少長文元方之子載著張入声車中載長文於車中以侍祖既至已至朗陵之家荀使叔慈應平聲門叔慈名靖朗陵第三子應當也當門立而侍慈明行酒慈明。名爽朗陵第六子餘六龍下遐上声食朗陵八子號八龍八龍之名見後兄弟類文若尚少文若名彧。仲慈之子（釋註）彧音郁坐著膝前朗陵抱文若於膝前。亦以侍祖。○討論于時。德星聚太史奏曰五百里内有賢人聚。○此與後第三卷訪臨頴德星之下通看

侍養祖母養去声（晉）李令去声伯蒙國恩除洗先去声馬令伯。名密。生六月。父喪。四歲。母何氏改節。祖母養之九歲而後能行。令伯既長。奉養于祖母。以孝聞。侍疾未嘗解帶。蜀亡晉帝徵為太子洗馬。洗馬東宮官名太子出則前驅導。威儀猶言先馬也值祖

母病作陳情表以辭云上表辭官。乞終養於祖母云臣無祖母無以至今日言父亡母嫁苟無祖母撫養無復有今日祖母無臣無以終餘年然祖母無臣奉養則無以送終其殘年。帝嘉其誠款賜奴婢二人。使郡縣供祖母奉膳服。還漢中大夫

○孝養類

菽水之歡菽音叔貧薄事親曰輒盡菽水之歡輒音折專也

記檀弓下篇子路曰傷哉貧也以貧為可傷生無以為養親在無財以為養也死無以為禮也親死無財以為葬也孔子曰啜川入聲菽飲水菽大豆也盡其歡隨其財以盡歡斯之謂孝不必多財而後為養也

百里負米家語致思篇子路曰此盖子路見孔子而言曰。負重擔行遠道則不擇地而休息。家貧親老。急於奉養故不待擇祿而仕昔者由也事二親之時子路自言往日事父母之時常食藜藿之實常自食粗惡之菜果為親負米百里之外為二親負荷米於百里之外親沒頓負米百里豈可得乎子路言。親在。食藜藿而負米。親沒。由也南遊于楚從車百乘。積粟萬鍾累席而坐。羅列鼎俎而食。今也富貴之際願欲食藜藿為親負米不可復得也。孔子曰由也事親可謂生事盡力死事盡思者也

養志順父母之欲曰養志孟子離婁上章曰曾子養曾皙

養志

可謂孝子

米百里之外

百里負米 家語

子路曰

書 故事 人倫之一

啜菽飲水 禮記

啜菽飲水 盡其歡

子路曰

○孝養類

中興 大服 夫運

餘年

以文 今 日

母病

音昔。皙名點曾子父也必有酒肉將徹請所與徹。收也曾子養其父。每食必有酒肉。食畢將徹去。必請問於父曰。此所餘者將與誰問有餘曾皙問酒肉尤有餘剩否曰有曾子必對曰有。恐親意更欲與人也曾皙死曾元養曾子曾元。曾子子也必有酒肉將徹不請所與曾元不若曾子請問所餘酒肉將以與誰問有餘曾子問有餘剩否曰無矣酒肉雖有餘剩。曾元必對曰無矣將以復浮去聲進也曾元之意。將以復進於親。不欲與人也此所謂養口體者也此曾元但能養父母之口體而已若曾子則養志也曾子則能承順父母之志。而不忍傷之也

三釜音府仕宦而親在曰三釜之養曾子曰吾及親仕

言親在而為官三釜而心樂音洛。六斗四升為一釜。三釜通該一石九斗二升。三釜之祿雖不多。親在得以奉養。故可樂也後仕三千鍾而不洎音器吾心悲十釜曰鍾。每鍾六石四斗。三千鍾。通該一萬九千二百石。洎。及也。言雖有三千鍾之祿親沒而不及奉心亦悲矣

○宗族類

族譜音圖叙宗族長幼之名曰族譜（宋）蘇老泉嘗作蘇氏族譜老泉名洵。字明允。東坡父。族譜。世系也

九世同居張公藝九世同居（唐）高宗幸其居問本末天子至曰幸在下者徼幸也書忍字百餘以對凡事能忍所以同居

北富南貧 阮咸與籍居道南阮咸。阮籍之姪阮籍字嗣宗魏晉間人諸阮居道北北阮富而南阮貧

諸父 音甫叔伯曰諸父（詩）伐木篇名既有肥羜音佇。羜未成羊也以速諸父速。召請也諸父朋友之同姓而尊者也

世父叔父 謂伯曰世父。叔曰対父**爾雅**古字訓之書父之昆弟。先生為世父生於我父之先後生為叔父生於我父之後

阿大中郎 叔父曰阿大中郎謝道韞音永初適王凝之還甚不樂音洛謝安曰謝安。道韞叔父王郎逸少。不惡汝何恨也王郎指凝之乃王逸少之子不惡言其賢也又何恨之有荅曰一門叔父則有阿大中郎言其家之賢者惟有大中郎一人而已矣

猶子 姪曰猶子（記）檀弓上篇兄弟之子猶子也親兄弟之子猶己之子。此言居喪孝服之禮兄弟之子在恩為可親故與子同服

阿宜 姪曰阿宜（杜牧示姪詩）杜牧。字牧之唐時人小姪名阿宜未得三尺長

阿買 姪曰阿買**韓詩**阿買不識字頗知書八分書寫也八分詳見後第十二卷字學類之下

小阮 姪曰小阮七賢嵇康阮籍山濤向秀劉伶阮咸王戎西晉時隱於竹林號竹林七賢（陳後山詩）後山名師道字無己（唐）彭城人從昔竹林雖小阮阮。阮咸。阮

【南阮】阮咸與籍居道南 [illegible]

阮居道北。北阮富而南阮貧。

【諸父】叔伯曰諸父。(詩)伐木既有肥羜 [illegible]

以速諸父 [illegible]

【世父】謂伯曰世父。叔曰叔父 [illegible]

昆弟先生為世父 後生為叔父 [illegible]

【阿大中郎】叔父曰阿大中郎。謝道韞適王凝之 [illegible]

還甚不樂。謝安曰：王郎逸少之子，不惡。汝何

恨也 [illegible] 答曰：一門叔父

則有阿大中郎 [illegible]

【猶子】姪曰猶子。(記)兄弟之子猶子也 [illegible]

[illegible]

【阿宜】姪曰阿宜。(杜詩)杜牧示姪詩 小姪名阿宜

未有三尺長

【阿買】姪曰阿買。(韓詩)阿買不識字，頗知書八分 [illegible]

(小阮)姪曰小阮 [illegible]

(陳後山詩) [illegible]

籍兄之子只今未可棄山王棄詳下文山。山濤王王戎也顔延之作五君詠述七賢延之。字延年。劉宋光祿大夫。作五君詠而述七賢之事山濤王戎以貴顯被黜山濤。字巨源。晉吏部尚書。王戎字濬仲。司徒安封侯。二人出仕竹林惟五賢故延之爲五君詠而黜山濤王戎也

千里駒姪曰千里駒符朗符堅從去声兄之子符朗。乃是符堅之從姪也。同曾祖兄弟曰從。蓋四世也堅嘗目之曰吾家千里駒駒二歲小馬也。言朗異日有千里之志。若馬有千里之能也

○兄弟類

難兄難弟稱人兄弟賢曰難兄難弟（漢）陳元方子長文與季方子孝先爭論去声父功德諮音茲於祖大丘諮。問也。問以辨優劣。大丘即陳寔也大丘曰元方難其兄季方難其弟言兄弟皆雖得而皆賢也

玉昆金友稱人兄弟玉昆金友（宋）王銓美風儀風風度也儀威儀也與弟錫齊孝行人曰銓錫二王王指其姓也玉昆金友昆兄也。友弟也。言其兄弟若金玉之貴重也

荀氏八龍稱人兄弟荀氏八龍荀爽兄弟八人荀爽後漢荀叔之子也。並有才名。號爲八龍。荀儉字伯慈。荀緄字仲慈。荀靖字叔慈。荀燾字慈光。荀汪字孟慈荀爽字慈明。荀肅字敬慈。荀敷字幼慈（釋註）緄音袞潁川語曰潁川之地人所言也荀

氏八龍慈明無雙言慈明之才德獨勝於七龍故曰無雙

河東三鳳稱人兄弟河東三鳳薛收與從兄弟元敬族兄德音齊名從之義見前。從兄弟從父之子為薛收再從之弟世稱河東三鳳收為長雛德音為鸑鷟。元敬為鵷雛(釋註)(鸑)音岳(鷟)倉八声鸑鷟鳳之名鵷音淵似鳳

貴介稱人弟曰貴介(左)伯州犁楚大夫曰王子圍寡君之貴介弟也介。大也於也大畧詳見後第三卷身躰説類高下其手之下

封胡羯末羯音結稱人兄弟封胡羯末(東晋)謝氏尤彥秀者稱封胡羯末封謝韶胡謝朗羯謝玄末謝川皆其小字也小字小名言封胡羯末四人皆為顯官也

白眉稱人獨出衆者謂白眉(蜀)四川馬良字季常眉有白毫兄弟五人並有才名時人語曰馬氏五常兄弟皆以常為字白眉最良言五人之中季常為善

紫荊花美兄弟不分者用紫荊花美者讚美之辭也(京兆)即今陝西田真兄弟三人欲分財兄弟三人田真田廣田慶庭前有紫荊花忽破為三明旦枯死田真兄弟。誓不分。指紫荊為誓。紫荊不死則不分。當此之際。紫荊未死。而兄弟分。於是紫荊枯死○一說田慶之妻佘氏欲求分不得紫荊死。常以沸湯澆之。紫荊死焉及事覺慶棄其妻。由是佘氏不育女。田氏不分財(釋註)佘音蛇真兄弟相感復合紫荊亦茂

棠棣 棠音堂棣音剃 兄弟相承覆浮去聲如棠棣華花同鄂音岳【詩】棠棣篇名燕兄弟也棠棣之華鄂不韡韡音委。棠棣子如櫻桃可食鄂鄂然外見之貌。不。猶言豈不也。韡韡光明貌。此燕兄弟之樂歌。故言棠棣之華則其鄂然外見者豈不韡韡乎 凡今之人莫如兄弟凡今之人則豈有如兄弟之相承相協耳【唐】玄宗與諸王友悌造花萼相輝之樓。李向真兄弟俱以文名同為一集。號李氏花萼集

令原 令平聲 兄弟急難叶泥公反相救如脊音即令在原【棠棣】脊令在原兄弟急難脊令。水鳥也。飛則鳴。行則搖。有急難之意。故以興起兄弟之心。扶救兄弟急難也。凡高平處曰原

鬩墻 鬩音具入聲 兄弟不協為鬩墻【棠棣】詩篇名兄弟鬩于墻鬩門限也墻內也言兄弟訟有不幸鬩很于內也 外禦其務音武。務與侮同。然有外侮則同心禦之矣雖有良朋豈能有所助乎

戛羹 戛音甲 常謔謂嫂曰戛羹【漢】高祖微時與客過丘微時。微賤未為帝之時也過訪也丘空也。兄亡獨有嫂。張晏註丘者大也。嫂食羹厭叔與客來陽為羹盡轑音勞釜音府。陽詐也。轑歷也以杓歷釜令有聲詐以為無羹也已而視釜有羹由是怨嫂伯子獨不得侯伯高祖長兄字伯丘嫂夫也其子名信高祖既得帝位獨不封信為侯 太上皇以為言太上皇高祖父名端一名執嘉師古曰太上者尊之稱皇君也天子之父故號曰皇不預國政故不

言帝以為言勸高祖封其子也（釋註）端音端七年乃封其子為羹頡戛同侯羹頡山名在嬀州懷戎縣南十五里取山名為侯號怨故也蓋怨昔者不與羹借山名以遂其怨也（釋註）嬀音歸

伯仲言人兄弟曰賢伯仲（詩）何人斯篇名伯氏吹壎音喧仲氏吹篪音池。伯仲兄弟也。俱為王臣，則有兄弟之義矣樂器土曰壎大如鵞子銳上平底似秤鍾六孔竹曰篪長尺四寸圍三寸七孔一孔上出徑三分凡八孔横吹之箋云伯仲喻兄弟也和如壎篪伯氏吹壎而仲氏吹篪言其心相親愛而聲相應和也

二惠競爽競音兢言兄弟齊芳曰二惠競爽（左）昭公三年齊公孫竈卒齊子雅死晏子曰惜也聞其死而歎之子旗不免殆哉子旗子雅之子也子旗不免殆哉言其不免於危殆二惠競爽二惠謂子尾子雅皆出齊惠公也言二子強明猶可猶可以為國又弱一箇焉今子雅又死以弱其一偏姜其危哉齊姜姓言齊必為陳氏所謀當時陳氏專政於齊齊後果為陳氏所滅

雙璧連璧稱兄弟曰雙璧滕芳陸暐音委與弟恭之並有時譽音預譽稱也。洛陽令見之曰僕已年老更覩雙璧僕洛陽令自稱也陸瑞王圖以象天也言陸暐兄弟若璧之美也（坡詩）君家兄弟真連璧

鴈行 如事〔記〕王制篇 兄之齒鴈行 齒年數也年與兄相若者兄之齒也鴈行謂序行而漸退後也曲禮曰十年以長則兄事之是也〔杜詩〕卿家兄弟功名震麒麟閣畫鴻鴈行 音杭。麒麟閣張晏曰漢武帝獲麒麟時作此閣因畫其形於閣遂以爲名師古曰漢宮名疏云蕭何造宣帝以戎狄賓服遇股肱之美乃圖畫其人於麒麟閣法其形貌署其官爵姓名霍光張安世韓增趙充國魏相杜延年丙吉劉德梁丘賀蕭望之蘇武共十有一人言卿家兄弟皆有功名亦如閣上功臣若鴈行也行列也〔釋註〕宣帝以戎狄賓服宣帝初名病已生數月巫蠱事覺皆繫於獄望氣者言長安獄中有天子氣武帝遣使令盡殺獄中人丙吉時治獄拒不納曰池人無辜尚不可況皇曾孫乎武帝曰天也及長高材好學亦喜遊俠且知閭里奸邪吏治得失於是霍光廢昌邑王而立之是爲宣帝

○媒妁類

執柯 常談作媒爲執柯又曰作伐〔詩〕伐柯篇 伐柯如何匪斧不克 柯斧柄也克能也非以斧斫之則不能成柯也 取娶同妻如何匪媒不得 媒通二姓之言者也言非媒則不得自娶也

掌判 媒曰掌判〔周禮〕媒氏掌萬民之判 判半也得耦爲合主合其半成夫婦也鄭司農云掌萬民之判合 凡男女自成名〔禮〕子生三日父名之以上皆書年月日名焉 男家過生庚式用綵牋寫捲就以色絲縛之如無以紅紙作東亦可書其音男書其年其月其日其時生。女家回或不用箋以銀牌子上寫生年月日時以綵段盛謂通音牌往復同書某音女某年月日時生 令平聲 男三十而娶女二

[illegible]

○嫉妬類

[illegible]

十而嫁

氷人媒曰氷人媒之言曰氷語(晉)令平聲狐覆姓策夢立氷上與氷下人語索乘入聲紞音擔占曰在氷上與氷下人語為陽語音御陰氷上為陽氷下為陰媒介事也當為人作媒為去聲氷泮婚成泮消融也言氷消之際婚可成也會太守田豹因策為去聲子求張公徵女會適遇也。太守知府也仲春成婚仲春二月和暖正氷消之際而婚果成

紅葉婚書紅葉良媒(唐)于祐步禁衢禁天子宮首皆有禁四通謂之衢見御溝流一紅葉御溝宮中之溝漂紅葉而出宮牆之外二句云

慇懃謝紅葉慇懃委曲也好去到人間祐題一葉云曾聞葉上題紅怨葉上題詩寄阿誰放上流從上放其葉流入宮牆之内宮女韓夫人拾之祐後託韓泳門館常禁出宮女泳以夫人同姓同姓者不可為婚作伐嫁祐韓於祐笥見紅葉驚曰吾所作吾亦得葉想君所題嘗有詩云獨步天溝岸臨流得葉時此情誰會得腸斷一聯音連詩因泣曰事豈偶然莫非前定後泳開宴謂韓曰今可謝媒韓笑答曰一聯佳句題流水十載音宰幽思滿素懷今日却成鸞鳳友方知紅葉

十韻幽思論素藻令曰邦改鸞鳳友方知山葉

宴辭曰今可辦[illegible]美令曰一[illegible]自題流水

諧一賦連音[illegible]回泣回事宣揚滿是冰前[illegible]後詠圖

有詩示獨步天講[illegible]臨議擇筆[illegible]此情識會[illegible]聽

石詩見紅葉[illegible]曰吾所作吾亦[illegible][illegible]所題音

此宮女詠以夫人回[illegible]回[illegible][illegible]不[illegible]作[illegible][illegible][illegible]

以入宮[illegible]女韓夫人[illegible]之[illegible]韓[illegible][illegible][illegible][illegible]

間葉上題[illegible][illegible][illegible]上題[illegible][illegible]上流其[illegible]葉上[illegible]

[illegible]謝[illegible]葉[illegible][illegible][illegible][illegible]入[illegible][illegible]題一葉[illegible]

書[illegible]改[illegible]〈事之一 二十六 [illegible]

見御書流一[illegible]葉[illegible][illegible][illegible][illegible][illegible]

[illegible][illegible]書[illegible]葉[illegible]十[illegible][illegible]

[illegible][illegible]葉[illegible][illegible]水[illegible]文[illegible]

[illegible][illegible][illegible]水[illegible][illegible][illegible][illegible][illegible][illegible]

下入語[illegible]水[illegible][illegible][illegible][illegible][illegible]入[illegible][illegible]

水工[illegible]水下入語[illegible][illegible]曰在水上與水

水入

[illegible]曰水入[illegible]言曰水語[illegible]令[illegible][illegible]

十[illegible][illegible]

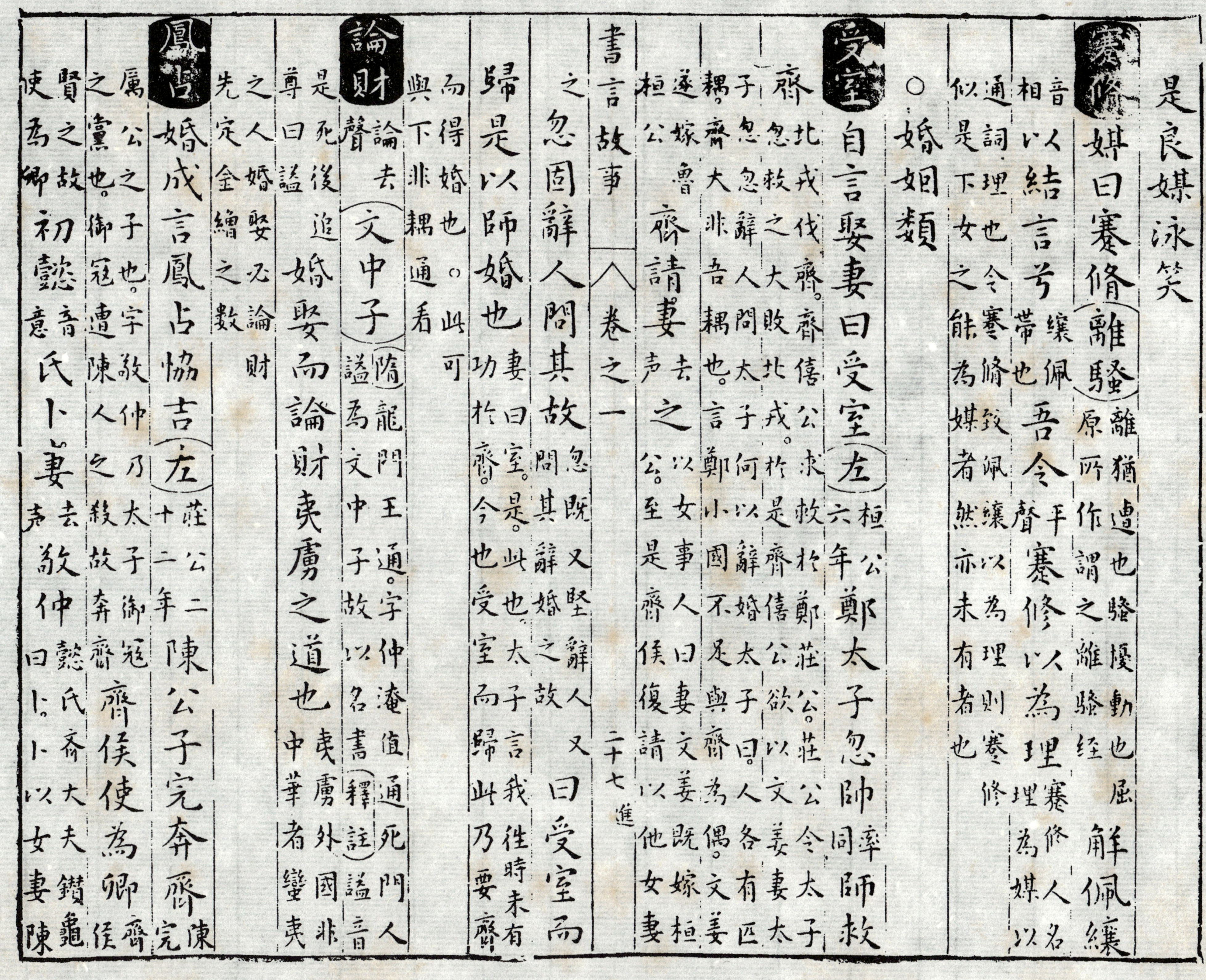

是良媒泳笑

蹇脩　媒曰蹇脩（離騷）離猶遭也騷擾動也屈原所作謂之離騷经解佩纕音相以結言兮纕佩帶也吾令平聲蹇修以為理蹇修人名理為媒以通詞理也令蹇脩致佩纕以為理則蹇修似是下女之能為媒者然亦未有者也

○婚姻類

受室　自言娶妻曰受室（左）桓公六年鄭太子忽帥同率師救齊北戎伐齊。齊僖公求救於鄭莊公。莊公令太子忽救之大敗北戎。於是齊僖公欲以文姜妻太子忽。忽辭。人問太子何以辭婚太子曰。人各有匹耦。齊大非吾耦也。言鄭小國不足與齊為偶。文姜遂嫁魯桓公齊請妻去声之以女事人曰妻文姜既嫁桓公。至是齊侯復請以他女妻之忽固辭人問其故忽既又堅辭人又問其辭婚之故曰受室而歸是以師婚也妻曰室。是。此也。太子言我往時未有功於齊。今也受室而歸此乃要齊而得婚也。此可與下非耦通看

論財　論去聲文中子（隋）龍門王通。字仲淹值通死門人謚為文中子故以名書（釋註）謚音是死後追尊曰謚婚娶而論財夷虜之道也夷虜外國非中華者蠻夷之人婚娶必論財先定金繒之數

鳳占　婚成言鳳占協吉（左）莊公二十二年陳公子完奔齊陳完厲公之子也。字敬仲乃太子御寇之黨也。御寇遭陳人之殺故奔齊齊侯使為卿齊侯賢之故使為卿初懿音意氏卜妻去声敬仲懿氏齊大夫鑽龜曰卜。卜以女妻陳

完而使知其吉凶其妻占之曰吉懿氏之妻占其兆曰吉是謂鳳凰于飛此所卜之辭也。鳳凰瑞禽也雄曰鳳雌曰凰以此比敬仲夫妻也和鳴鏘鏘雌雄俱飛和鳴鏘鏘然如敬仲夫妻相隨適齊而有聲譽也有嬀音規之後嬀陳姓敬仲有嬀之後也將育于姜齊姜姓。言敬仲將長育於齊也五世其昌敬仲在齊五世之後始昌。盛後齊國果為敬仲子孫所得也

牽絲之幸　定親用遂牽絲之幸（唐）郭元振美手姿牽相去聲張嘉貞欲納為婿曰吾五女各持一絲幔後子牽之得者為婦元振牽一紅絲得第三女有姿色

種玉之緣　定親用諧種玉之緣（搜神記）陽公雍伯致義漿給行人義設施不取錢也漿。米糊湯也三年有一人飲訖問曰何不作菜湯荅曰無種中上声其人懷中出菜子一升與之曰種此生好玉并得好婦公種之數歲北平今北京是也徐氏有女公求之徐氏云得白璧一雙當為婚徐氏以其老而不許又曰得白璧則為婚公至種玉所得白璧五雙以聘徐氏愕然不意其得玉也遂妻去聲以女名其地曰玉田

倚玉之榮　得為親姻言諧倚玉之榮（晉）毛曾與夏侯

覆姓玄並坐人謂蒹葭音兼加倚玉樹蒹葭蘆荻之屬言毛曾得與夏侯玄並坐若蒹葭之倚玉樹也

子平之願 畢婚嫁謂了子平之願（漢）向音尚長音掌字子平隱居不仕為去声男女嫁娶畢敕斷端上聲家事勿相關也敕戒遂遊五嶽名山五嶽名山詳見後第十卷地理類五嶽之下不知所終

耳盟 講婚稱主婚曰執耳盟（左）魯哀公會齊侯盟孟武伯曰諸侯盟誰執牛耳盟禮尊者蒞牛耳主盟者也。諸侯會盟殺牛取血歃之以為盟誓。鄭玄曰主盟者割牛耳取血助為之及血在盤中以挑帚拂之又助之也耳

者盛以珠盤主盟者執之故主婚者若主盟也

華腴音余 講婚推音吹美族高曰締音帝好華腴也締結（唐）柳芳世族論去聲曰三世有三公曰膏梁周以太師太傅太保為三公（漢）改為太尉司徒司空魏至唐因之膏肉之肥者梁米之善者言家世富貴而肥食華美也有令僕曰華腴令尚書令中書令僕尚書僕射華美其衣服腴肥也言世世如是之冨貴華美也（釋註）射音夜

非耦 許成婚曰敢辭非耦（左）齊侯請妻去声鄭太子忽忽辭人問其故曰忽荅人各有耦齊句大非吾耦也詳見前受室之下

宜以見丁前矣

忽辭，人問其故，曰：人各有耦，齊大，非吾耦也。

[illegible]〔注〕齊侯請妻之 [illegible] 鄭太子忽

〔注〕[illegible]

今 [illegible] 曰 [illegible]

[illegible]

[illegible]

書 [illegible]

[illegible]

不知 [illegible]

相 [illegible]

平 [illegible]

[illegible]

[illegible]

董振擇之 回婚書用辱使去声董振擇之辱恥也恥無德極承厚恩下並同意

（左）昭公三年齊侯請繼室于晉繼續也齊侯使晏平仲請繼室于晉韓宣子先是齊侯以女少姜妻晉侯少姜早喪於是請復以女繼之曰有先君之適音的。猶有先君所生之適女及遺姑姊妹遺餘也及其餘姑姊妹若而人言若常人不敢自稱其美君若不棄敝邑晉君若不棄我齊國而辱使董振擇之煩辱使者來此董正振整而選擇其可者以備嬪平音嬙音牆。以備晉君之內官寡人之望也此齊君之願望也。此與後伉儷相接（釋註）伉音康去声儷音利

鴈奠 聘定儀物稱鴈奠（記）昏義篇名。孔子曰謂之昏者娶妻之禮以昏

為期因名焉父親醮子而命之迎去声。醮酌而無酬酢命子自往以迎其妻曰往迎爾相承我宗廟之事壻執鴈入揖讓升堂再拜奠鴈奠鴈者蓋親受之於父母也。程子曰奠鴈取其不再耦也。朱子曰取其順陰陽往來之義也。此與下御輪三周合巹之下通看釋註巹音謹

純帛五兩 純音緇兩如字納幣用純帛五兩（周禮）媒氏凡嫁女娶妻入幣純帛無過五兩幣。即帛也。純好也兩匹也。五兩五匹也五兩十端也每兩兩端。兩端兩頭也。每端二丈。十端凡二十丈也。兩端之義詳見下文（記）雜記下篇納幣一束束五兩兩五尋此謂婚禮。納徵也。一束。十卷也。八尺為尋。每五尋為一匹。從兩頭卷至中。則五匹為五箇兩卷矣故曰束五兩。鄭氏曰四十尺謂

之巳。猶巳偶之云。言古人每巳作兩箇卷子(釋註)納徵者婚姻有六禮。一曰納采。二曰問名。三曰納吉四曰納徵五曰請期六曰親迎夫納徵六禮之一也

買紅纏酒缸 音杭 定親用買紅纏酒缸(山谷詩)小兒未可知客或許敦龎音忙。敦龎重厚也山谷子相小字小德誠堪壻阿巽阿巽東坡女孫也山谷言子既重厚誠然可以為阿巽之夫壻也買紅纏酒缸

月下老 婚成曰喜諧月下老之書(唐)韋固求婚旅次宋城店旅次人居客中也宋城亳州縣名(釋註)亳音泊客有議潘昉房上声女旦期隆興寺門旦明早也期約也約隆興寺門前相會也至固往見老人倚布囊坐堦向月檢書固問何書曰天下婚

牘音獨。牘簡牘書版也固曰吾娶潘昉女可成乎曰未也君婦適三歲適纔也十七入君門固曰安在固問其婦見在何處曰店北賣菜陳嫗嫗於去声女耳嫗老婦也及明指示之至天明指示其處老人忽不見固令平声奴刺女中去声眉月老事出(續幽怪録)。固隨入市見嫗抱女甚醜陋固怒磨刀謂奴曰殺此女與汝萬錢奴明日刺之傷眉後十四年相去声州刺史王泰妻去声以女相州今彰德府是也。女子年十七容貌端麗眉間常貼花鈿音田。鈿金翠花面飾盖以遮所傷之處歲餘問之乃知為泰姪女女曰妾郡守猶子也父終宋城宰父卒宋城任所時乳母陳養之女言妾方強褓乳母賣菜以給朝夕常抱于市

（為賊之所刺耳）後泰取以為己女嫁焉

【赤繩繫足】言婚姻前定曰赤繩繫足韋固問月下老囊中何物曰赤繩子以繫夫婦之足雖讎敵之家吳楚異鄉富貴懸隔（懸隔言相隔遠）此繩一繫終不可逭（音換。逭逃也。）

【星期】報成婚日曰請星期（詩）綢（音周）繆（音謀）篇名刺（音次）婚姻不得其時綢繆束薪三星在天（叶音汀。綢繆猶纏綿也，束縛也。薪柴也。三星，心也，在天昏見在東方。建辰之月也）今夕何夕見此良人（良人夫稱也。國亂民貧男女有失其時而後得遂其婚姻之禮者詩人叙其婦語夫之詞曰方綢繆以束薪也仰而見三星之在天今夕不知其何夕也而忽見良人之在此）綢繆束芻（叶音酒）三星在隅（音耦。芻草也。隅東南角也昏見之星至此則夜久矣）綢繆束楚三星在戶（音扈。楚荊也。戶室戶也。戶必南開昏見之星至此則夜久矣）

【三周之御】親迎（去聲）啓周展三周之御（昏義）（見前）父親醮子而命之迎（去聲）男先（去聲）於女也（方氏曰）父必親醮非重子也重禮而已男先於女男尊而女從復也主人拜迎（如字）于門外（子承命以迎主人延几于廟而復出拜以迎婿于門也）婿執鴈入升堂奠鴈（已見前鴈奠之下）降出御婦車而婿授綏（音雖。降下堂一出婿挽以木車之索也御其婦車所以尊之也綏之綏謂婿授婦以綏使升車必正立執綏所以安之也范氏所謂立執綏則心體無不正）

[illegible]

昏姻之禮 [illegible]

三星在戶 [illegible]

三星在隅 [illegible]

[illegible] 今夕何夕 見此 [illegible] 子兮子兮 如此 [illegible]

三星 [illegible] 婚姻 [illegible]

[illegible] 言婚姻 [illegible]

[illegible]

而誠意恭者也肅御輪三周先俟于門外以輪三周為節者取陰陽奇耦之數成也既三周則御者代之矣婿先俟于家之門外○俟于門外與後合巹之下婦至相接（釋註）奇音基

魚軒 親迎去聲啓閑敬迓魚軒（左）閔公三年狄人戕衛衛戴公立衛之遺民立戴公齊侯歸夫人魚軒婦人嫁曰歸夫人齊侯女戴公妻也魚獸名似猪東海有之其皮背上斑紋腹下純青軒車也將魚皮以飾車故曰魚軒蓋齊侯嫁其女與戴公而乘魚軒

綀裳竹笥 綀音踈嫁女謙言綀裳竹笥以遺行（漢）逸民戴良有五女逸隱逸也民者無位之稱綀裳布被竹笥木履而遣之綀蔴麻裳裙也（釋註）蔴音頊枲草麻枲之屬（坡詩）竹笥與綀裙笥箱

也綀紡麁絲隨時畢婚嫁

合巹 合音葛巹音謹賀成婚云合巹禮成（昏義）見前婦至婿先俟于門而婦至婿揖婦入共牢而食牢牲也共牢則不異牲合巹而酳酳音印○以一瓠分為兩瓢謂之巹婿與婦各執一片以酳酳畧飲也演也謂食畢飲酒演安其氣也○今人以酒盃交飲則誂矣非禮也（釋註）瓠音護瓜瓠也所以合體同尊卑親之也方氏曰合巹有合體之義共牢有同尊卑之義合體則尊卑同尊卑同則相親而不相離也

百兩爛盈 兩音亮賀成婚得行奩奩音連曰百兩爛盈（詩）韓奕

篇韓侯娶妻娶周之卿士蹶父之女（釋註）蹶音貴父音甫百兩彭彭旁一車兩輪曰兩彭彭衆多也言行奩之多百乘之車所載彭彭然之盛也（釋註）乘音其八鸞鏘鏘不顯其光鈴在鑣曰鸞馬口兩旁名一車二兩四馬故八也言八鸞鏘然而鳴不勝之光顯也（釋註）鑣音標馬銜勝音申諸弟從之祁祁如雲祁祁徐觀也如雲衆多也韓侯顧之爛其盈門此與下女子類相仮之下通看

朱陳定親用朱陳之好音號（白樂天朱陳村詩）樂天名居易大原人刑部尚書唐時人徐州古豐縣有村曰朱陳去縣百餘里桑麻青氛氳一村惟兩姓世世為婚姻

潘楊定親用潘楊之好音號楊經字仲武潘岳作誄音吊

文云潘岳字安仁晉人誄者哀死而述其功德之文藉去聲三葉世親之恩藉承也三葉三世也言相承三世為親之恩而子之姑予之伉康去聲儷音利焉而子汝也伉儷匹耦也言汝之姑乃吾之匹耦也潘楊之睦有自来矣三世結姻有所從来矣

射屏中目中去聲下同結婚用喜射屏中目（唐）高祖皇后竇氏父毅曰此女有奇相去聲何可妄與人因畫二孔雀屏間請求婚者射二矢但言請射則不言射何處陰約中目陰心中暗主人所不知射者數十皆不合射不中目皆不合其暗生之意高祖最後中各一目遂歸于帝婦人嫁曰歸

寶牕自選 結婚寶牕中自選（唐）李林甫有六女廳事壁開一横牕飾以雜寶蒙以絳紗使六女戲於牕下每子弟入謁使女於牕下自選可意事之

覓一快壻（後魏）劉延明十四就博士郭瑀音禹學弟子五百餘人瑀有女選壻意在延明設一席曰吾有女欲覓一快壻求覓一快意之壻也誰坐此者吾當妻去声下同馬延明奮音憤衣而坐奮整肅也揚也曰延明其人也瑀遂妻之

斥去羅幔 斥音尺逐也一說屏去也釋註屏音丙（宋）范文正公之子娶婦將歸或傳以羅為帷幔者公聞之不悅曰吾家素清儉安得亂吾家法持至當火于庭持至言其子持羅幔若至吾門吾則當以火焚于庭上

嫁娶不同 安定胡先生遺訓胡瑗字翼之而遺家訓嫁女必須勝吾家娶婦必須不若吾家或問其故句曰嫁勝吾家則女之事人必欽必戒婚姻之家必擇德則求配偶相稱可也嫁女何必勝吾家蓋人情慕富而厭貧薄設若女家富盛於我鮮有不驕其夫家者故嫁女必求其勝我者婦不若吾家則事舅姑必執婦道娶婦亦求其稱何必不如吾家蓋女家既不如我則必以謙卑自持必不至輕其夫而傲其舅姑矣

結縭 音離 賀嫁女云樂音洛下同遂結縭（詩）東山四章樂男女之得以及時也得者得以成婚也之子于歸之子猶言是子。此指女子之嫁者而言也婦人謂嫁曰歸皇駁音博其馬叶音毋。黃白曰皇騮白曰駁言以此色之馬從嫁者也（釋註）騮音留赤色也駁音剝親結其縭親自也縭婦人之褘也。母戒女而為之施衿結悅也（釋註）褘音携悅巾也。衿音慶繫佩帶九十其儀九其儀十其儀言其儀之多也

綠牕難嫁 回定親書用綠牕難嫁（白樂天詩）紅樓富家女金縷音呂繡羅襦縷絲也襦短衣也盖金絲綉之而華美也見人不斂手富而驕態見人無禮嬌癡二八初二八十六歲也母兄未開口

已音紀嫁不須臾開口許人也。言母兄猶未許人。而自己欲嫁不以為難綠牕貧家女寂寞二十餘貧家之女多寂寞已二十餘歲矣荊釵不直錢衣上無珎珠幾聞人欲聘臨日又踟音遲躕。音除踟躕行不進貌以其家貧其意參差而不敢即許也主人會良媒置酒滿玉壺四座且勿飲聽我歌兩途富家女易音意嫁嫁早輕其夫貧家女難嫁嫁晚孝於姑聞君欲娶婦娶婦意何如意何如者聞四座之客言富家女則輕貧家女則孝娶富家女乎娶貧家女乎

奉箕箒 荅定親用弱息奉箕箒（單音善父音甫縣名人）呂公好音號相去声下同人單父宋州邑。呂公名文字叔平見漢高祖狀貌重

去声之曰臣相人多矣無如季相高祖姓劉名邦字季未為帝之時呂公相也臣有息女息生也言我所生之女也願為箕箒妾謂為妾供洒掃讓辭也卒與季即呂后也

執巾櫛音責吝定親用女子執巾櫛（左）晉太子圉音語質音至於秦自僖公十五年八秦為質詳見後第五卷惡性類外強中乾之下秦妻去声之以女名懷嬴妻之將逃歸圉。謂懷嬴曰与子私歸乎嬴氏曰秦本姓嬴寡君使婢子侍執巾櫛懷嬴讓言秦君使我陪侍巾櫛之賤役巾。以悅手櫛以理髮人以固子也盖欲以安固子之心也。從子而歸棄君命也不敢從亦不敢言遂逃歸

○此節之事僖公二十三年所載

奉匜沃盥奉音捧匜音移沃音屋盥音管吝定親用奉匜沃盥（左）僖公二十三年晉重平声耳至秦重耳即晉文公也秦伯納女五人秦穆公以女五人納于重耳懷嬴與音預焉懷嬴公子圉之妻盖重耳之姪婦也與在五人數中○即前節懷嬴也奉匜沃盥匜盛水器也沃澆水也盥洗手也言懷嬴奉匜澆水與重耳洗手也既而揮之既而以温手揮重耳而使水湔污其衣也怒曰懷嬴怒而言曰秦晉匹也言秦晉皆大國其勢相匹何以卑我汝晉公子我秦女也何如使我卑屈事汝也

金屋阿嬌（漢）武帝幼時武帝景帝子也景帝問兒欲得婦否景帝以武帝幼戲而問之長音掌公主景帝姊指其女曰阿嬌好否

武帝曰若得阿嬌當以金屋貯之貯藏也亦曰安置也

下玉鏡臺下音遐上声娶姑女云下玉鏡臺（晋）温嶠嶠橋去声

姑有女温嶠字太真晋功臣。姑温嶠從姑適劉氏屬音竹嶠覔壻囑托嶠也自有婚意曰佳壻但得如嶠如何姑曰何敢希汝比也希望也後日嶠報云已得壻矣門地壻身不減嶠因下玉鏡臺一枚下。送也送玉鏡臺以爲聘定之禮姑喜句婚畢成婚之際姑女披紗扇披開也婦人出以兩扇蔽面撫掌笑曰我固疑是老奴果如所卜

不與凡子侯高將嫁其女句曰吾一女憐之必嫁官

人不以與凡子

重母黨重去声蘇老泉之女適其母之兄程濬音旬去声之子其指其女也詩曰汝母之兄汝伯舅老泉謂其女曰汝母之兄乃是汝之伯舅求以厥子來結姻求求婚於我也。厥子其子也言濬求婚于我而以其子來結姻也鄉人嫁娶重母黨雖我不肯將安云言我須當效鄉人重母黨而結姻我雖然不肯將何以言

餪女餪音暖嫁女後送食曰餪女（邵氏聞見録）邵康節子伯温著宋景文公納子婦景文公名祁字子景其婦家饋食物書云以食物餪女公曰餪字錯用從食從而從大其

子退檢書(其子文公之子也)慱雅中餽字(博雅訓釋之書古有爾雅故此名博雅其子退書言博雅之中有此餽字○舊註女嫁三日餉食為餽女也)

丹桂近嫦娥 袁箹(音云)娶蕭安女(句)言定(已許未娶也)未幾(音基)擢進士第(未幾未久也)羅隱以詩贈之曰細看月輪還有意定知丹桂近嫦娥(出古今詩語○言其已登第而將成婚也)

必為狀頭 李翺(音敖)尚(音常)書牧江淮郡進士盧儲(音除)投卷來謁李直卷披閱赴公宇視事長(音掌)女及笄(音基)(○笄。簪也。凡女子年十五而笄。及笄，年及於笄之時當此時猶未笄也○所謂許嫁者則笄。未許嫁者則未笄)見文尋繹(音亦)數四(尋究其意也繹若絡絲之不斷也)曰此人必為狀頭李聞之乃慕為壻來年果狀元及第纔過殿試(進士答策曰殿試)徑赴(徑直也)佳期作催粧詩昔年將去玉京遊第一仙人許狀頭今日已成秦晉會(秦晉事見前秦匹沃盥之下)早教(音交)鸞鳳下(遐上声)粧樓(南部新書)

再娶小姨 歐陽公與王拱辰同為薛簡肅公壻(歐公名脩字永叔謚文忠盧陵人。肅公名奎)歐公先娶其長(音掌)拱辰娶其次後歐公再娶其妹(其妹肅公第三女)故歐公有舊女壻為新女壻大姨夫作小姨夫之戲

長干行 童婚曰長干行〈李白詩〉同居長干里(長干秣陵縣東)

里巷名江東謂山隴之間曰干兩小無嫌猜〔釆平声○皆童年所謂童婚無所嫌遺無所疑猜〕十四為君婦羞顏未嘗開

○夫婦類

【良人】丈夫曰良人（孟子）〔離婁章句下〕〔昔齊有人〕其妻告其妾曰〔其妻告其妾而言曰〕良人者。所仰望而終身也〔良人猶言善俊人也猶稱婦人曰佳人云耳〕

【藁砧】夫曰藁砧（古樂府）藁砧今何在〔藁砧喻夫問夫何在〕山上復有山〔山上又山乃出字言夫出外也〕何當大刀頭〔刀頭有環借音而言問何時當還〕破鏡飛上〔音賞〕天〔言鏡破如半邊之月在月半當歸也〕

【內子】常稱人妻曰內子（左）〔僖公二十四年〕晉文公妻〔去声〕趙衰〔音崔○妻以女事人也文公以女妻趙衰〕生原同屏〔音丙〕括樓嬰〔文公女姬氏生三子○原屏樓三子之食邑也〕趙姬請迎盾與其母〔趙姬文公女請命於趙衰迎盾與其母盖趙衰先在狄時娶叔隗生盾至是請迎之歸晉〕來〔叔隗與盾來歸于晉〕以盾為才〔以叔隗所生之子為有才〕以為嫡子〔以為趙衰之嫡長子〕而使其三子下之〔使已所生之三子同括嬰畢下於盾〕以叔隗為內子〔卿之嫡妻為內子盖讓叔隗為嫡子〕而已下之〔而趙姬自下之○以此觀之謂之賢矣〕

【卿卿】妻謂夫曰卿卿（世說）王安豐之妻常卿安豐〔王戎字安豐卿卿者稱安豐也〕豐曰婦人卿壻禮為不敬後勿復爾

[illegible]婦人卿婿於禮為不敬後勿復爾

卿卿

妻謂夫曰卿卿（世說）王安豐婦常卿安豐[illegible]

[illegible]

子下之[illegible]己下之[illegible]

為[illegible]內子而使其三[illegible]

[illegible]

內子

稱人妻曰內子（左）[illegible]

[illegible]

卷之一　四十

藁砧

夫曰藁砧（古樂府）藁砧今何在山上

復有山何當大刀頭

破鏡飛上天[illegible]

[illegible]

良人

夫曰良人（孟子）其妻問所與飲食者[illegible]

良人者所仰望而終身也[illegible]

○夫婦

十四為君婦羞顏未嘗開[illegible]

[illegible]

壻夫也言稱夫為卿於禮不敬後勿復稱焉妻曰親卿愛卿是以卿卿上卿字即親愛之意也下卿字指安豈也下文卿卿其意一同我不卿卿誰復卿卿

細君謂人妻曰細君（漢）東方（覆姓）朔為郎伏日武帝賜諸郎肉伏日三伏也夏至後第三庚日為初伏。四庚為中伏。立秋後初庚為末伏（曆忌釋云）伏者金氣伏藏之日也夏火克秋金，金氣以伏藏。漢以伏日祠社故以此日賜百官肉故朔獨拔劍割肉懷去例當賜。肉其日賜肉宴朔以故先斫肉持歸上令（去声）自責朔曰受賜不待詔何無禮也言受賞不待下詔何其之無禮拔劍割肉亦何壯也言擅自割肉懷去亦何其之雄壯割之不多又何廉也言割之甚少。又何其之廉潔歸遺（音位）細君又何仁也遺。贈也。細。小也。朔輒比諸侯謂其妻曰細君。古之命婦有大君之稱。細君者謙辭也。朔言懷肉歸以贈細君又何期之仁愛也上笑曰令（去声）生自責而反自譽音余。譽稱也復（浮去声）賜酒肉遺細君

荊布自稱妻曰荊布（漢）梁鴻之妻孟光狀肥醜而黑梁鴻字伯鸞孟光字德耀力舉石臼德行（音幸）甚高擇對不嫁年三十父母問其故問孟光曰欲嫁否答孟光欲節操（去声）如梁鴻者鴻遂娶之常荊釵布裙每進食舉案齊眉案與按通几屬（漢書）妻為具食不敢於鴻前仰視故舉案齊眉

中饋 謂妻主中饋（易）家人風火家人卦名也 ☲ 六二自下而上第二爻 無攸遂在中饋貞吉 朱子曰。六二柔順中正女之正位乎內者故其象古如此。徐氏曰六二以柔居中巽順應五婦之道也遂專成也婦人無所專成惟在主中饋而已所謂惟酒食是婦者也故曰中饋貞吉貞者謂貞正固而得吉

伉儷 伉音康去声儷音利 賀人娶曰榮諧伉儷（左）齊侯請繼室于晉詳見前董振釋之下 韓宣子使叔向對宣子晉侯韓起也使叔向對晏平仲而言 曰寡君未有伉儷伉儷匹偶也言寡君未有也 君有辱命今齊君辱賜命 惠莫大焉其恩惠莫大於此

琴瑟調 夫婦和曰琴瑟調（詩）棠音堂棣篇名 妻子好音號合和也 如鼓瑟琴鼓。彈也。言妻子好合。如鼓琴瑟之和而兄弟有不合焉。則無以久其樂也 宜爾室家音姑。兄弟具而後樂且孺也。兄弟若不能樂豈能宜其室家哉 樂音洛 爾妻帑音奴。帑。子也。兄弟翕而後樂且甚也。兄弟於人其重如此。兄弟若不能翕又豈能樂其妻帑哉

反目 夫妻不和曰反目（易）小畜兄入声。風天小畜卦名也 ☰ 九三自下至上第三爻 輿說脫同輻音福。輿車也。說落也。輻謂輿之行必藉手輪輪有三十輻環湊於輪心之轂。九三爻遭四六陰爻之所遺。如輪輻散脫不能進。朱子曰九二亦欲上進然剛而不中迫近於四而又非正應但以陰陽相脫而為所繫畜而不進故有輿說輻之象 夫妻反目謂怒不而相故又不能平 朱子曰然以志剛事故又為夫妻反

（日之象）象曰夫妻反目不能正室也（程子曰夫妻反目蓋由不能正其室家三自處不以道故四得制之不使進猶夫不能正其室家故致反目也）

鼓盆

喪（去聲）妻曰鼓盆之感（莊子）（至樂篇）莊子妻死惠子吊之（惠子名施與莊子為友）莊子箕踞（音句）鼓盆而歌（箕踞伸兩足坐）（其形如箕其歌曰堪嘆浮生世事有如花開卸。妻死我必埋。我死妻必嫁。我若先死時一場大笑話。田被他人耕。馬被他人跨。妻被他人戀。子被他人打。以此慟傷心。捐看淚不下。世人笑我不悲傷。我笑世人空斷腸。世事若還哭得出。我亦千愁淚萬行）惠子曰不亦甚乎（惠子謂莊子曰妻與汝共處長養子老身死不哭亦足矣又鼓盆而歌。不亦甚乎）莊子曰人且偃（音掩）然寢於巨室（偃。仆也。倒也。巨室天地間。言妻已死。偃然寢臥於天地之間）

我噭噭（音叫）然隨而哭之（噭噭者號呼之聲也）自以為不通乎命（讀）故止也（不通乎命。歎中所謂哭不出也。既哭不返遂。止不哭也）

炊臼

喪（去声）妻曰炊臼之夢（酉陽雜俎）江淮王生善卜有賈（音古）容張瞻將歸（賈作買賣之人也行曰商坐曰賈）夢炊臼中問王生生曰君歸不見妻矣臼中炊無釜也（釜與婦人之婦音同所以詳字音之意而言也）瞻歸妻已卒

續絃

再娶曰續絃（十洲記）（東方朔著）鳳麟洲以鳳喙（音惠）麟角作膠（鳳喙鳳精也）名續絃膠（續接也）能續斷絃（鳳麟洲在西海中央其上多麟鳳仙家煮鳳喙麟角合煎作膠名續絃膠一名連金泥此膠能續弓弩斷絃及斷折）

象曰夫妻反目不能正室也

之金以膠連使力折繫他處乃斷續處不復斷也（宋）陶穀使（音事）江南（使奉談律命也江南李璟都金陵國號南唐陶穀奉使於其國也）韓熙載命妓秦若蘭詐為驛卒女擁篲掃地（驛卒。今館夫或曰今之鋪兵）陶因與狎（狎習近也陶與若蘭而有所通也）贈詞名風光好云好因緣惡因緣秖得郵（音由）亭一夜眠（郵亭傳送文書之所今館驛是也）別神仙琵琶撥盡相思調（去声）知音少（燒去聲）待得鸞膠續斷絃（鸞鳳凰之佐）是何年及李主開宴（李主即李璟）令（平声）若蘭歌此詞陶大沮即日北歸（大沮沮興也喪懃而歸）

糟糠之妻 自稱其妻曰糟糠之妻 **後漢** 宋弘為大尉

時（漢以大尉為三公）光武姊胡陽公主新寡（新寡初喪夫而寡居也）帝與共論（去声）群臣而微觀其意主曰宋弘威容群臣莫及帝曰試圖之主坐於屏風（公主坐於屏側之後）召弘問曰貴易（音益下同）交（易換也）富易妻人情乎弘曰貧賤之交不可忘糟糠之妻不下（避上声）堂（糟糠俞貧賤食糟糠而俱賤後貧賤之交糟糠之妻豈可以富貴而棄之）帝顧謂主曰事不諧矣（顧回首而視也不諧言其事不合也）

結髮 謂夫妻曰依依結髮之情 **蘇武詩**（蘇武字子卿與李陵二人為五言詩祖）結髮為夫婦恩義兩不疑（此詩與俞長千行意同）

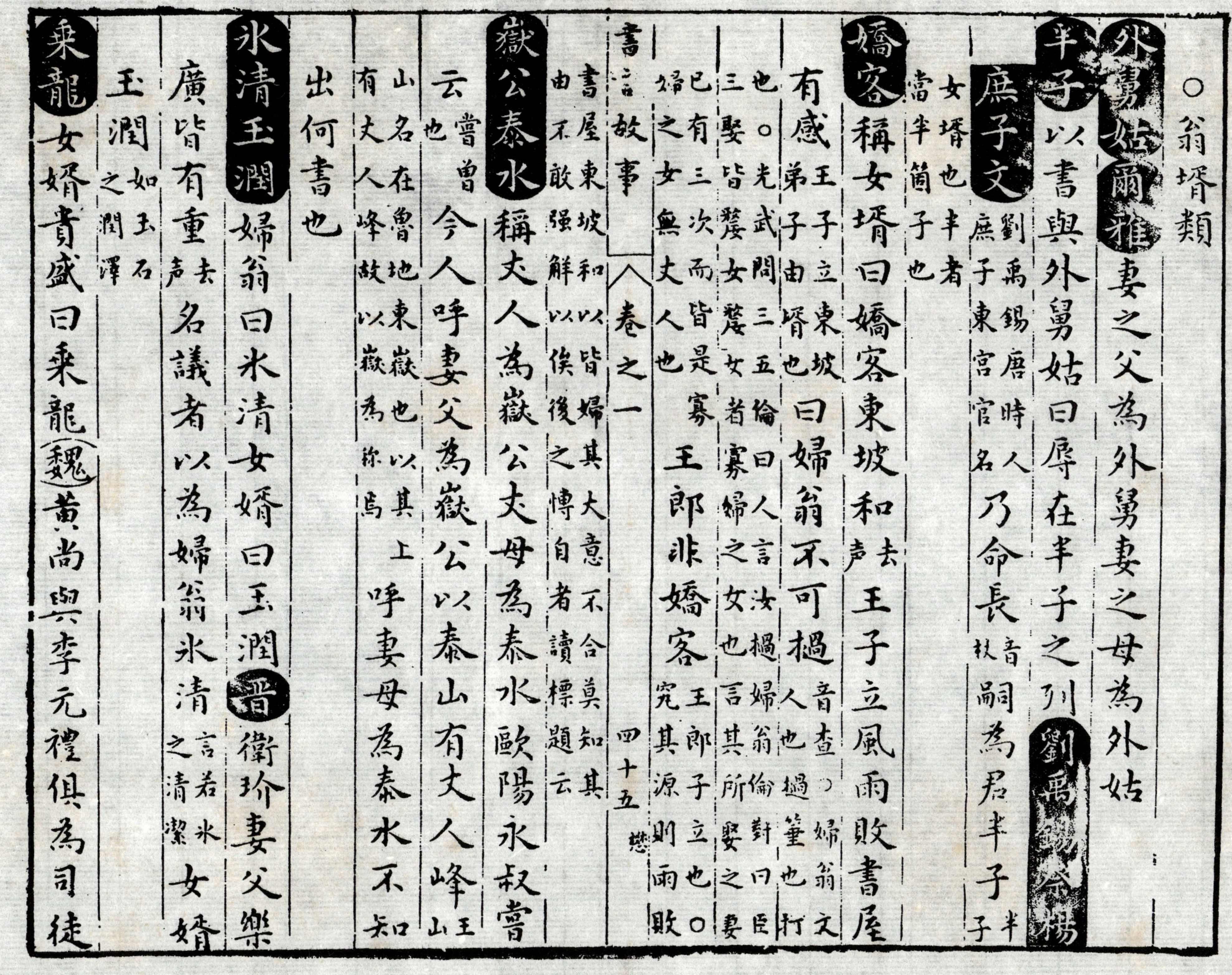

○翁壻類

外舅姑爾雅 妻之父為外舅妻之母為外姑

半子 以書與外舅姑曰辱在半子之列劉禹錫祭楊庶子文劉禹錫唐時人庶子東宮官名乃命長音杖嗣為君半子半子女壻也半者當半箇子也

嬌客 稱女壻曰嬌客東坡和去声王子立風雨敗書屋有感王子立東坡弟子由壻也曰婦翁不可撾音查○婦翁文人也撾箠也打也○光武問三五倫曰人言汝撾婦翁對曰臣三娶皆孽女孽女者寡婦之女也言其所娶之妻已有三次而皆是寡婦之女無丈人也王郎非嬌客王郎子立也○究其源則雨敗

書屋東坡和以皆婦其大意不合莫知其由不敢强解以俟後之博自者讀標題云

嶽公泰水 稱丈人為嶽公丈母為泰水歐陽永叔嘗云嘗曾也今人呼妻父為嶽公以泰山有丈人峯王山山名在魯地東嶽也以其上有丈人峯故以嶽為稱焉呼妻母為泰水不知出何書也

冰清玉潤 婦翁曰冰清女婿曰玉潤晉衛玠妻父樂廣皆有重去声名議者以為婦翁冰清言若冰之清潔女婿玉潤如玉石之潤澤

乘龍 女婿貴盛曰乘龍魏黃尚與李元禮俱為司徒

元禮名膺俱娶大尉桓叔元女時人謂桓叔元兩女俱乘龍言得壻如龍也（楚四先賢傳）孫儁李元禮俱娶桓玄之女未知孰是

杜詩 贈李令問令問為秘書監門闌多喜色女壻近乘龍杜甫引李元禮乘龍之事以贈李令問乃李氏之成槩也

東床 稱女壻為東床（晉）王羲之王導從去声子也從子從兄弟之子也郄監使門生求女婿於導導令令声就東廂徧觀子弟東廂止寢東西堂曰廂又廊廡也門生歸句曰門生報云王氏諸少音紹並佳諸少。王導家諸衆少年子弟也然聞信各自矜持矜持飾容儀也子弟聞選壻之信故各人裝飾其容儀也惟一人在東床坦腹食獨若不聞坦自露腹於外也監曰此佳壻句訪之訪詢問也乃羲之遂妻去声以女後羲之為右將軍

書言故事大全卷之一 終

